AF316428

LE PÉNITENT.

LE

PÉNITENT

(LÉGENDE)

PAR ALFRED DES ESSARTS.

PARIS

IMPRIMERIE LANGE LÉVY ET COMP.,

RUE DU CROISSANT, 16.

1843

LE PÉNITENT

(LÉGENDE.)

I

C'était le jour sacré de la fête bénie
Où les anges en chœur chantent l'Épiphanie ;
Où l'Église s'unit au céleste concert ;
Où les Rois d'Orient, traversant le désert
Et suivant du regard l'étoile lumineuse,
Vinrent s'agenouiller devant la Vierge heureuse,

Dont l'amour maternel montrait avec ferveur
L'Enfant né de son sein pour être le Sauveur.

II

Au sommet des clochers vibrait l'airain sonore,
Et les sons en échos se prolongeaient encore.
Tonnerre harmonieux, pour célébrer les Rois,
L'orgue aux voix des chrétiens mêlait sa grande voix.
Jusqu'à la voûte immense où l'or couvre la pierre,
Un nuage d'encens emportait la prière,
Tandis que le Pontife, en élevant la main,
Bénissait l'Univers et le Peuple romain.

III

Vous que d'un souffle impur corrompt l'Esprit rebelle,
Pécheurs, que n'étiez-vous dans la Ville éternelle !
Quel tableau ! les enfans à côté des vieillards,
Les nonnes vers le sol abaissant leurs regards,
Et les moines courbés sous le rude cilice,
Et jusqu'aux meurtriers affranchis du supplice ;

Tout un peuple à genoux et n'ayant, au saint-lieu,
Qu'une voix pour chanter, un cœur pour aimer Dieu.

IV

Soudain un étranger dans le temple s'élance.
Comme on reculerait devant un fer de lance,
Chacun à son aspect s'écarte plein d'effroi...
« De grâce! a-t-il crié, mes frères, laissez-moi
Me prosterner aux pieds du pontife suprême! »
Son front semble porter des signes d'anathême,
Les ardeurs du soleil ont desséché son teint,
Et le froid de la mort est dans son œil éteint.

V

Les cheveux en désordre et la tête penchée,
Le front couvert de cendre, ainsi que Mardochée
Quand ce fils d'Israël attendait le trépas,
L'inconnu vers l'autel précipite ses pas.
Il tombe agenouillé... Mais à sa pénitence,
A ses cris déchirans nul ne prête assistance;

Car on n'a pas sans cause une telle pâleur,
Car on n'a pas sans crime une telle douleur.

VI

« O vicaire du Christ, notre souverain maître,
Jette un regard sur moi, tu me plaindras peut-être.
Au nom du paradis que toi seul peux m'ouvrir,
Grâce ! je suis venu pour te voir et mourir ! »
Mais lui montrant du doigt les portes de l'enceinte,
Le vieillard commanda qu'on reprît l'hymne sainte;
Et l'étranger disait : « Oh ! permets qu'à tes pieds
Je pleure des forfaits si longtemps expiés... »

VII

Alors, majestueux, le pontife de Rome
Se leva... Puis, jetant son arrêt à cet homme :
« Hors d'ici, mécréant, meurtrier, hors d'ici !
Pour qui n'a pas fait grâce il n'est point de merci !
Ces mains que vers l'autel tu soulèves tremblantes,
Ont conservé leur tache et resteront sanglantes ! »

Mais l'étranger disait : « Je ne suis point damné,
Et je crois dans mon cœur que Dieu m'a pardonné ! »

VIII

« — Eh bien ! nomme-toi donc ! »

> Le pèlerin balance.

« Nomme-toi... »

> L'étranger garde encor le silence.

« — A ce peuple assemblé je vais dire ton nom :
Peut-être il te connaît par ton affreux renom,
Chevalier du pillage et des guerres civiles,
Toi qui sur ton passage as brûlé tant de villes,
Toi qui fis tout plier sous une loi de fer....
ROBERT DE NORMANDIE, enfanté par l'enfer ! »

IX

Ce nom résonne au loin... la foudre est moins terrible...
On fuit le pèlerin comme un fantôme horrible
Qui vient de s'échapper de la nuit des tombeaux ;
L'orgue n'a plus de sons, la nef plus de flambeaux ;

Les diacres vers l'autel vont chercher un refuge...
L'accusé reste seul en face de son juge
Qui semble, le front haut et le bras étendu,
Tenir le châtiment sur Robert suspendu.

X

Mais le duc, élevant sa voix désespérée :
« Avant de me chasser de l'enceinte sacrée,
Oh ! daigne m'écouter... C'est un profond remords
Qui fait pâlir mon front, qui fait trembler mon corps.
Je ne veux pas cacher la trace de mes crimes,
Je ne veux pas dans l'ombre enfouir mes victimes...
Mais pour le meurtrier rempli de repentir
S'ouvrent comme un abri les bras du Dieu martyr.

XI

« Oui, j'ai dans mon manoir, ainsi qu'en un repaire,
Accueilli les félons qui trahissaient mon père,
Et venaient demander à ce sombre réduit
Des festins pour le jour, des meurtres pour la nuit ;

Ses murs retentissaient de refrains sacriléges ;
Partout il n'était bruit que de nos sortiléges,
De nos affreux exploits, de notre impiété...
Vautours, il nous fallait un séjour dévasté.

XII

« Les vassaux avaient fui loin de la forteresse
Où le vin et le sang nous versaient leur ivresse.
De mon père longtemps le courroux s'engourdit ;
Mais enfin le vieillard se dressa, me maudit,
Et terminant ses jours sans regret et sans crainte,
Aux pieds de l'Eternel alla porter sa plainte...
Quand de son noble front la couronne glissa,
Dans le palais en deuil ma main la ramassa.

XIII

« J'étais duc, j'étais maître... et déjà mes complices
Osaient revendiquer le prix de leurs services...
Les campagnes, les bourgs, les manoirs, les cités
S'armèrent pour leurs droits ; je vis de tous côtés

Des guerriers aux créneaux, des guerriers dans la plaine ;
J'invoquai mes amis... mais, espérance vaine !
Ils avaient disparu... Désormais j'étais seul,
Seul ainsi qu'un lépreux couché dans son linceul...

XIV

« Du toit de mes aïeux des varlets me chassèrent,
Partout à me flétrir les peuples s'exercèrent,
Et de tant de fortune et de tant de grandeur
Il ne me resta plus qu'un nom accusateur.
Ce nom me précédait, comme un épais nuage
Qui porte dans ses flancs des menaces d'orage...
Et chacun me disait pour salut, pour adieu,
Que tu brillais enfin, ô justice de Dieu !

XV

« J'ai prié ; que de pleurs ont mouillé ma paupière !
Mais le ciel rejetait mes pleurs et ma prière ;
Pouvais-je l'attendrir ?... Car tu l'as dit ici :
Pour qui n'a pas fait grâce il n'est point de merci !

Quand je me prosternais sur le seuil d'une église,
« Le loup, s'écriait-on, en brebis se déguise. »
Et par le doigt de Dieu marqué d'un signe au front,
J'errai de ville en ville et d'affront en affront.

XVI

« O gardien des clés du céleste royaume,
Répands sur ma blessure un ineffable baume.
Toi qui lis les arrêts qu'en son livre d'airain
Grave pour les pécheurs le Juge souverain,
Permets-moi la prière... A tes pieds je me traîne,
O père de la Foi catholique et romaine ;
Fais sur le criminel éperdu, gémissant,
Descendre le pardon, bienfait du Tout-Puissant ! »

XVII

Robert avait fini. Ses paroles plaintives
S'éteignaient en écho sous les longues ogives.
Il attendait, tremblant que le ciel courroucé
N'appesantît encor le poids de son passé...

Le pape se leva, rayonnant de lumière
Et tel qu'apparut l'ange au cachot de saint Pierre,
De son trône de pourpre à pas lents descendit,
Toucha le pèlerin, et doucement lui dit :

XVIII

« Calme-toi. Que l'espoir renaisse dans ton ame...
Dieu pardonne au pécheur que son amour enflamme ;
A l'heure des remords, loin du sentier sacré
Jamais il ne repousse un enfant égaré ;
Lui qui donna son sang et but l'amer calice,
Voudrait-il prolonger l'horreur de ton supplice ?
Il m'apprend que ton cœur t'a bien assez puni...
Dans sa bonté surtout ce maître est infini.

XIX

« Redevenu chrétien, pars, et que l'espérance
Soit dans ton ciel brumeux l'astre qui te devance.
Moi qui puis délier, j'ai rompu tes liens ;
Restitue à Satan ses pompes et ses biens.

Mon fils, il est au Nord des retraites profondes
Où nul rayon de jour ne colore les ondes,
Où, croisant leurs rameaux, les arbres des forêts
Jettent un voile d'ombre au-dessus des marais.

XX

« Les monstres cherchent seuls ces lieux inaccessibles
Où le vent se déchaîne avec des bruits terribles ;
Jamais un pied mortel n'en a foulé le sol,
Jamais l'oiseau lassé n'y reposa son vol.
Sous les feux du soleil, l'ardente Thébaïde
N'est pas plus meurtrière en son désert aride.
Va prier, va gémir en ce tombeau lointain,
Comme pria jadis et gémit Augustin. »

XXI

Après ces mots, suivis d'une clameur immense,
Le pape se rassied et l'hymne recommence.
L'étranger consolé se leva, disparut,
Et nul ne sut depuis où cet homme mourut...

Mais, dégagée enfin des chaînes de la vie,
Son âme dans les cieux fut sans doute ravie;
Dieu que jamais en vain ses fils n'ont imploré
Dut lui tendre les bras... Robert avait pleuré !

FIN.

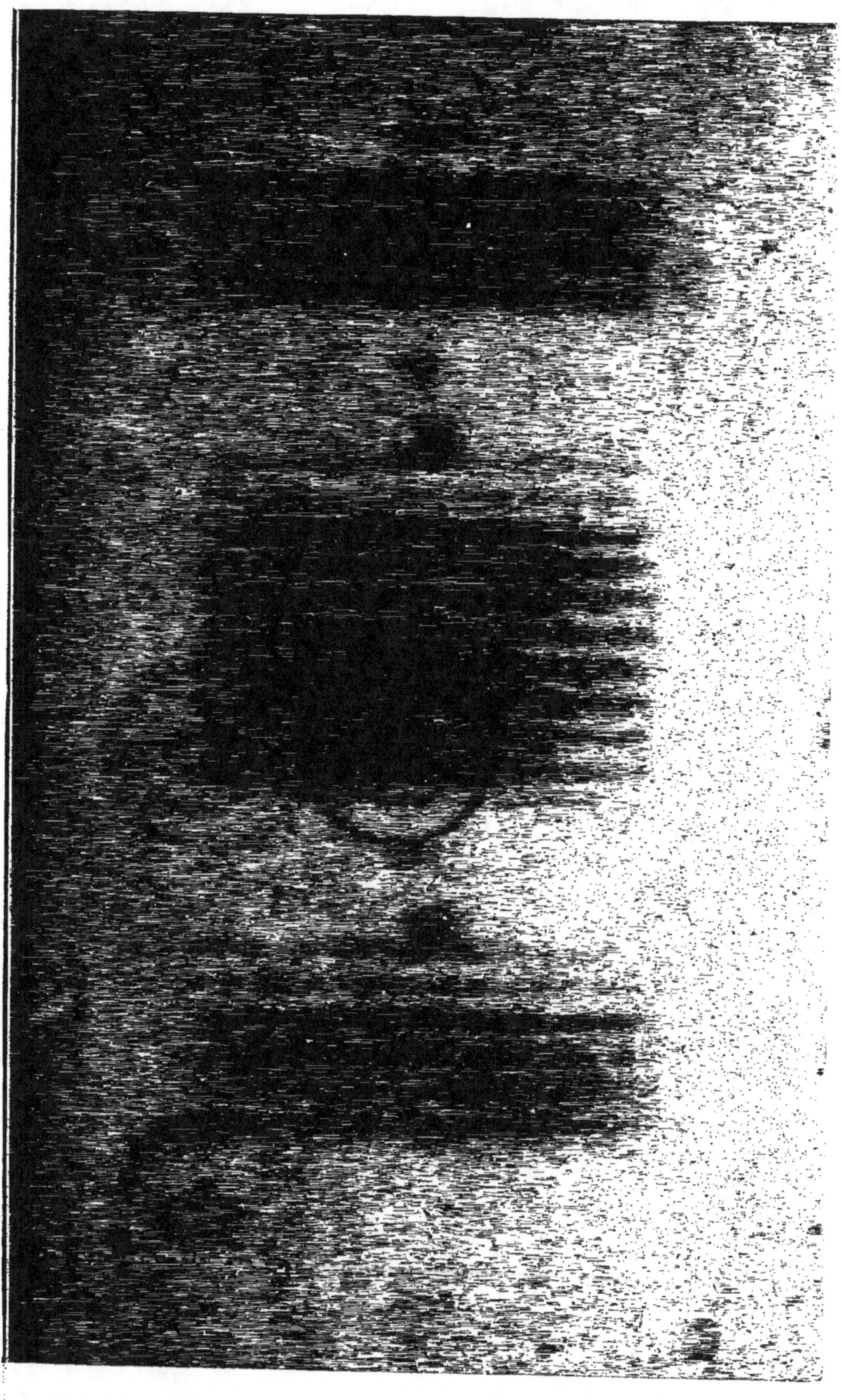